AF233838

520I476
6723OI7
I92449 3
A

NOTICE HISTORIQUE,

SUR

LA VIE ET LES TALENS

DU

SAVANT CHIEN MUNITO.

Par un Ami des Bêtes.

Si vous ne me croyez pas, allez
voir et vous serez convaincu.

PARIS,

Au Cabinet d'Illusions, Cour des Fontaines,
près le Palais-Royal.

Et chez Racine, Rue des Noyers, N°. 26, près
la place Maubert.

tique et souvent de convive avec une surprenante intelligence ; tous ceux dont la vanité humaine n'a pu taire les titres à la reconnaissance ou à l'admiration générale, tenaient toutes leurs qualités de la nature ou avaient été dressés, soit par des soldats oisifs qui en amusaient leur ennui, soit par des malheureux qui cherchaient à se procurer des moyens de vivre, soit enfin par des hommes qui, se sentant trop faibles, voulaient s'en faire des auxiliaires contre les autres animaux et même contre les autres hommes. Or, ces différens instituteurs étaient, ou des ignorans qui, manquant de methode, n'avaient pu qu'ébaucher leur éducation, ou des hommes trop peu pourvu de patience et de douceur, pour leur faire franchir de certaines limites.

Le sieur Castelli d'Orino, porté par goût à l'étude des facultés intellectuelles des animaux, et doué d'une patience rare, a consacré sa fortune, son temps, et toutes ses connaissances, à des essais multipliés, qui ont été souvent infructueux, mais qui ont aussi été couronnés de succès si complets, que ses élèves paraissent des prodiges.

Celui qui a le mieux répondu à ses soins, et qu'il exerce tous les soirs au Cabinet d'illusions , Cour des Fontaines , près le Palais - Royal , devant ce que la capitale possède de plus savant et de plus distingué , est un exemple du pouvoir d'une sage éducation sur les êtres bien organisés en général.

CHAP. Ier.

Origine , Portrait et première Éducation de Munito.

Ce chien extraordinaire est né de l'accouplement d'une chienne barbette avec un chien de chasse , à Limito , village situé à deux lieues de Milan. Il possède l'intelligence des deux espèces dont il provient, quoiqu'il ait pris beaucoup plus de formes de sa mère que de celles de son père , sa taille est celle d'un caniche ordinaire un peu élancé ; il est blanc et n'a qu'une seule tache brune sur l'œil gauche ; son muffle est un peu allongé , son poil est court et frisé : il est maintenant âgé de dix-huit mois ; son caractère est enjoué et très-caressant.

Il a été élevé dans la maison de campagne du signor Joseph Resnati, savant distingué de Milan, qui ayant pressenti ses heureuses dispositions, engagea son maître à s'y retirer.

C'est dans cette retraite isolée, offerte par l'amitié, qu'entièrement livré pendant plus d'une année aux soins qu'exigeoit l'éducation de son chien, le sieur Castelli a si bien su stimuler son zèle et développer ses facultés, qu'il fait l'objet de l'admiration de toutes les personnes instruites et celui de l'envie ou de la honte de toutes celles qui n'ont pu ou n'ont pas voulu s'instruire ; en un mot, un sujet si étonnant, que tout ce que l'on raconte des différens animaux, et particulièrement des chiens de toutes les espéces, n'approche en rien de sa singulière et merveilleuse intelligence.

Parlons d'abord de ses qualités naturelles, qui prouveront qu'il ne le cède sous ce rapport, à aucun autre animal.

CHAP. II.

Courage et Sensibilité de Munito.

Nous ne rapporterons que deux faits, mais ils suffiront:

Dans un voyage qu'il fit, il y a quelques mois, en Allemagne, avec son maître, il fit connaître de quoi il était capable.

Le sieur Castelli s'étant reposé et endormi dans une auberge isolée, à quelques lieues de Trèves, à son reveil il ne trouva plus la voiture qui l'avait conduit jusque là, et qui contenait tous ses effets; son chien même, ce fidèle compagnon de tous ses voyages, qu'il aimait avec tendresse, et qu'il estimait plus que tous les trésors du monde, l'avait abandonné. Désolé de ces pertes, il était plongé dans une extrème tristesse depuis plusieurs heures, lorsqu'il vit accourir à lui, Munito, excédé de fatigue, et tenant dans sa gueule une botte qu'il était parvenu à tirer de la voiture. Après un instant de repos, cet excellent animal lui fit connaître qu'il voulait le conduire à la retraite des voleurs. L'ayant suivi pendant plus de deux heures dans des chemins de traverses, au milieu des montagnes, il arriva dans un village ou il trouva bientôt son infidèle voiturier. Ayant voulut reprendre ses effets, il éprouva une insolente et brutale résistance de la part de

AVANT-PROPOS.

Le Sieur Castelli, après avoir terminé l'éducation de son chien, s'est fait un devoir de l'amener d'abord à Paris, où il savait qu'il trouverait de justes appréciateurs du résultat de ses soins.

Le succès a pleinement justifié et même surpassé ses espérances. Messieurs les journalistes qui ont honoré Munito de leur visite et qui ont été témoins de ses travaux surprenans, se sont fait un plaisir de lui accorder une place dans leurs feuilles et de le recommander avantageusement à la curiosité publique; il est maintenant le sujet de toutes les conversations dans les salons de la capitale, où chacun se plait à lui payer un tribut d'admiration ; des personnes d'une haute considération ont bien voulu le faire venir chez elles et témoigner le plaisir que ses talens leur ont procuré; enfin tous les jours sa réputation en s'accroissant, lui amène de nouveaux et nombreux admirateurs.

Sensible à la faveur dont on veut bien l'honorer, et désirant la mériter de plus en plus, le Sieur Castelli travaille tous les jours à augmenter l'instruction de son chien, afin de varier les plaisirs du public.

Il nous a donné tous les renseignemens nécessaires pour la rédaction de cette notice qui est destinée à aider et reposer la mémoire des personnes qui ont vu Munito, et à faire naître et piquer la curiosité de celles qui ne sont pas encore venues le voir.

Comme elle contient non seulement le détail exact et complet de ses talens, mais encore les traits remarquables de sa vie, nous espérons qu'elle sera favorablement accueillie. En effet qui pourrait intéresser et satisfaire davantage les habitans éclairés de cette grande ville et les nombreux étrangers qui y arrivent tous les jours, que l'histoire merveilleuse et véridique d'un chien qui lit et calcule comme un homme.

Si quelques personnes trouvent que nous cherchons à donner trop d'importance à ce chien et que les journaux en en rendant un compte avantageux, avoient assez fait pour assurer sa réputation, nous leur répondrons par ce passage d'un auteur du siècle dernier :

coit que la finesse de son odorat peut lui faire distinguer les cartes touchées par plusieurs personnes , et que l'habitude a pu , à la longue , lui faire discerner les nuances des couleurs ainsi que les formes des lettres des différentes écritures et leur arraugement de gauche à droite , dans les copies qu'il fait ; on conçoit aussi qu'il peut connaître les dix signes adoptés pour l'arithmétique et les vingt-huit dominos ; une bonne méthode, de la douceur, et une patience soutenue par l'espoir du succès, paraissent pouvoir suffire pour vaincre les grandes difficultés que son maître a dû eprouver en lui enseignant toutes ces choses.

Mais il s'en faut beaucoup que l'on conçoive aussi facilement ce qui suit : ce n'est plus simplement le résultat de l'habitude de voir des objets ou d'entendre des mots ; ce ne peut être que la suite d'un travail mental dont on ne croyait pas encore les animaux susceptibles : nous voulons parler des trois premières règles de l'arithmétique, l'addition, la soustraction et la multiplication que beaucoup d'hommes n'ont jamais pu apprendre et que *Munito* fait avec une étonnante rapidité.

Les règles lui sont posées sur une ardoise par une personne de la société; l'ardoise est ensuite mise sur un petit bureau devant lequel il vient étudier : lorsqu'il a suffisamment combiné les nombres, il va chercher parmi les chiffres qui sont répandus sur le parquet, celui qui doit être posé et le donne à son maître, qui le place sans rien dire dans la case convenable; le chien retourne à son bureau, se remet à l'étude, trouve le nombre, va chercher le chiffre qui l'exprime, le donne à son maître, et continue ainsi jusqu'à la fin de l'opération dont il fait la preuve si on le désire.

CHAP. IV.

Réflexions sur les Travaux et l'Education de Munito.

Nous laisserons aux savans le soin d'expliquer au public, la méthode que le sieur Castelli a imaginé pour parvenir à enseigner à son chien à retenir les dixaines, à emprunter sur un nombre éloigné, et surtout à multiplier un nombre par un autre, ce qui lui suppose la connaissance de la table de Pythagore; pour nous qui sommes convaincus que cet étonnant

chien est doué d'une intelligence extraordinaire, sans laquelle on n'aurait jamais pu lui enseigner tant de choses,
quelques moyens qu'on eût employé,
nous nous contenterons de dire, que son
éducation a été commencée à deux mois
et demi ; qu'elle a duré treize mois en-
tiers pendant lesquels il n'est point sorti
de la maison et n'a point vu d'autres personnes que son maître, qu'après quatre
mois d'étude, il connaissait les cartes, les
lettres, les chiffres, les couleurs, et les
apportaient au commandement ; que les
neuf derniers mois ont été employés à
lui faire combiner les lettres, les chiffres
et les dominos ; enfin que, dans tout le
cours de ses leçons, son maître a cons-
tamment mis en pratique avec lui les
préceptes que les plus sages et les plus
savans écrivains ont donnés sur l'éducation des enfans ; que jamais il ne l'a
frappé, ni ne lui a parlé avec colère ;
qu'il a toujours employé avec lui une
marche progressive, raisonnée, appro-
priée à ses moyens et soutenue par des
caresses et des récompenses pour lui
faire faire ce qu'il désirait ; de sorte qu'a-
vec une bonne méthode, des marrons et

de bons procédés il lui a appris et lui fait répéter tous les jours ce qu'il sait.

Nous avons espéré, en écrivant cette histoire, que le récit des talens de Munito stimulerait l'amour-propre des enfans négligens à s'instruire ; ferait rendre aux animaux les degrés d'intérêt et de bienveillance qu'ils méritent ; engageraient les maîtres à moins de promptitude et de dureté avec des êtres qui, privé des secours de la parole et du sens du toucher, sont cependant susceptibles de faire, et font mêmes tous les jours , des choses qui nous étonnent ; enfin, qu'il pourrait déterminer quelques savans à la recherche des limites de l'intelligence animale, champ vaste qui nous paraît devoir être très - fécond en découvertes intéressantes.

De l'Imprimerie de L. - E. Herhan, Rue et Passage du Caire.

cet homme, qui s'attacha particu-
ment à Munito : mais ce chien courageu.
après avoir esquivé les coups que ce for-
cené cherchait à lui porter, lui sauta à la
gorge, le força à avouer son crime devant tous les habitans et le bourgmestre,
lui fit rendre tous les effets que son maître avait chargés sur sa voiture.

Quelques temps après, dans le
même voyage, il fit connaître sa sensibilité d'une manière bien remarquable,
par la justice qu'il exerça en tuant et dé-
chirant en pièces un coq d'inde qui ve-
nait de créver un œil à un jeune enfant
au berceau, au secours duquel il était
malheureusement arrivé trop tard.

Mais c'est assez parler des qualités naturelles de Munito. Les faits qui précè-
dent sont ordinaires aux êtres de son es-
pèce, essentiellement amie de la nôtre,
et sont en eux le résultat de leur bon na-
turel. Il est temps de nous occuper de
ses qualités acquises qui doivent le rendre à jamais célèbre.

CHAP. III.

Talens de Munito.

Ce chien sans pareil qui entend égale-

bien les langues française, italienne et allemande, développe tous les soirs de nouveaux talens devant la société nombreuse et choisie que sa réputation lui amène ; non-seulement il prouve qu'il connaît toutes les cartes d'un jeu complet, toutes les lettres de l'alphabet, tous les nombres de l'arithmétique, tous les points des dominos et toutes les nuances des couleurs, en les apportant au commandement ; mais encore il devine et apporte les cartes qui, tirées dans un jeu par différentes personnes et mêlées par d'autres, sont ensuite étalées couvertes sur le parquet ; il regarde la couleur d'un vêtement et apporte à son maître la nuance même, si elle existe parmi les échantillons qui sont placés devant lui, ou la plus approchante, si elle ne s'y trouve pas. Il lit toutes les écritures, mais privé du secours de la parole, il fait, avec les lettres imprimées que l'on met à sa disposition, une copie des mots qu'on lui présente, ensuite il joue une partie de dominos avec la personne qui veut bien lui procurer ce petit délassement.

Ce qui précède est, sans doute, déjà fort extraordinaire, mais enfin on con-

« Si la réputation des sujets ordinaires doit naître, croître et mourir en peu de jours, il n'en est pas de même des phénomènes qui paraissent quelquefois à la surface de ce globe ; on ne sauroit leur donner trop de publicité, ils sont le domaine de l'historien, parce qu'ils appartiennent au monde entier, parce qu'on doit en parler d'âge en âge et que leur souvenir doit être transmis à la postérité la plus reculée ».

Nous ajouterons, qu'en écrivant ce peu de pages, nous n'avons pas eu la prétention d'aller à la postérité avec Munito, mais que nous avons pensé que notre travail pourrait fournir des renseignemens et des matériaux utiles aux savans naturalistes qui recueillent les preuves de l'existence des facultés intellectuelles chez les animaux.

LE SAVANT CHIEN MUNITO.

Discours Préliminaire.

Ce que les animaux sont capables de faire n'est point encore connu et ne le sera peut-être jamais, par suite du peu d'intérêt et du mépris que nous leur portons. En effet, soit indifférence, soit dédain de notre part, nous n'avons point encore fait de bonnes observations sur l'intelligence des êtres auxquels notre orgueil s'est plu à donner l'insultant nom de bêtes, sans prendre la peine de vérifier s'ils le méritaient. On n'a même recueilli jusqu'ici, qu'un très-petit nombre de traits remarquables de leur adresse extraordinaire, ou de leur attachement singulier pour leur maître.

Si l'on excepte quelques animaux auxquels des savans distingués ont bien voulu donner leurs soins, et particulièrement l'Orang-Outang, que l'illustre Buffon instruisit lui-même, et qui profita si bien de ses leçons, qu'il lui servit pendant très - longtemps de domes-

www.ingramcontent.com/pod-product-compliance
Lightning Source LLC
LaVergne TN
LVHW010252030726
842520LV00007B/2896